J. Renouvier

Jehan de Paris; Varlet de chambre et peintre ordinaire des rois Charles VIII et Louis XII

en gros caractères

J. Renouvier

Jehan de Paris; Varlet de chambre et peintre ordinaire des rois Charles VIII et Louis XII

en gros caractères

Reproduction de l'original.

1ère édition 2023 | ISBN: 978-3-38707-846-6

Megali Verlag est une marque de Outlook Verlagsgesellschaft mbH.

Verlag (Éditeur): Outlook Verlag GmbH, Zeilweg 44, 60439 Frankfurt, Deutschland
Vertretungsberechtigt (Représentant autorisé): E. Roepke, Zeilweg 44, 60439 Frankfurt, Deutschland
Druck (Imprimerie): Books on Demand GmbH, In de Tarpen 42, 22848 Norderstedt, Deutschland

JEHAN DE PARIS

VARLET DE CHAMBRE ET
PEINTRE ORDINAIRE
DES ROIS CHARLES VIII ET LOUIS XII.

PAR

J. RENOUVIER

1861.

NOTICE
SUR
M. JULES RENOUVIER.

C'est une tâche difficile & douce tout à la fois d'avoir à parler d'un savant auquel des goûts communs vous unissaient, & qui voulut bien vous témoigner une affectueuse bienveillance. M. Jules Renouvier, que la mort vient de ravir, avait une de ces organisations solides pour lesquelles le travail est en même temps la plus grande joie & la plus agréable occupation; ses études concouraient d'ailleurs toutes à un même but, la recherche du beau & du vrai. Né le 13 décembre 1804, M. J. Renouvier avait fait d'excellentes études à Montpellier, & loin de s'empresser de produire, il passa sa jeunesse à s'instruire, & ne songea à publier que lorsqu'il fut certain que ses travaux pourraient être de quelque utilité. Il mit au jour bien timidement, en 1835 seulement, deux brochures, *Des vieilles maisons de Montpellier*, & *Notice sur les manuscrits de la commune de Montpellier*. Brochures qui, sans avoir une importance considérable, ne laissaient pas que faire pressentir un esprit étendu & des vues élevées.

C'était vers l'étude de l'archéologie que les premiers travaux de M. Renouvier se portèrent de préférence, & c'est l'architecture qui attira tout d'abord son attention. Les époques de lutte étaient celles que M. Renouvier semblait affectionner; il pensait, & en cela il nous paraît être absolument dans le vrai, qu'après une commotion violente, en même temps que les hommes se renouvellent, en même temps que les idées changent ou se modifient, l'art, lui aussi, trouve une force nouvelle & inaugure volontiers une renaissance. A ces époques tourmentées de l'existence, l'artiste possède une audace que les temps de calme & de paix ne sauraient faire naître en lui. L'architecture gothique marque précisément une de ces époques révolutionnaires, elle naît à la suite de dissensions politiques, & tente avec succès de venir remplacer la barbarie dans laquelle l'art était plongé depuis plusieurs siècles[1]. Après des considérations générales sur l'architecture gothique, considérations dans lesquelles les connaissances approfondies de M. Renouvier apparaissent pleinement, l'auteur envisage spécialement le progrès de cet art dans le midi de la France, & publie le résultat de ses observations dans *Les Anciennes Eglises du département de l'Hérault*, dans *Les Monuments de quelques anciens diocèses du Bas-Languedoc*, dans *Les Maîtres tailleurs de pierre & autres artistes de Montpellier[2]* & même dans un ouvrage où la France n'est plus en jeu, *Notes sur les monuments gothiques de quelques villes d'Italie* (Pise, Florence, Rome & Naples), 1841.

4

[1] M. Renouvier allait encore publier un autre ouvrage relatif également à une époque de transition: *l'Art pendant l'époque révolutionnaire.* Ce soin est dévolu à sa famille.

[2] Cet ouvrage fut publié en collaboration de M. Ricard.

La révolution de 1848 détourna pour quelques instants M. Renouvier de ses chères études; les devoirs du citoyen passèrent avant les goûts de l'homme privé, & le savant archéologue accepta la place de Commissaire du Gouvernement provisoire qui lui fut offerte. Les hautes qualités du fonctionnaire public se firent jour immédiatement, & le Département de l'Hérault envoya M. Renouvier le représenter à l'Assemblée Constituante. Même au milieu des travaux que ses nouvelles fonctions lui imposaient, M. J. Renouvier n'oublia pas ses études antérieures; il fut chargé par la Commission de faire un *Rapport sur le chapitre du Ministère de l'intérieur relatif aux Musées nationaux*, rapport que nous n'avons pas eu l'occasion de lire, mais dans lequel, au dire de personnes bien informées, le goût éclairé de M. J. Renouvier se faisait toujours remarquer.

Rendu bientôt à la vie civile, M. Renouvier se mit en devoir de continuer ses études de prédilection, & l'histoire mal connue encore de l'art de la gravure attira ses instincts curieux. Il se mit à l'œuvre avec l'ardeur d'un néophyte, poursuivit ses recherches avec passion, & composa le meilleur ouvrage qui ait paru jusqu'à ce jour sur les graveurs & sur les gravures, *Des Types & des manières des maîtres graveurs, depuis l'origine de cet art jusqu'en 1648 (1853-1856).*

Doué d'un esprit investigateur & possesseur d'une érudition variée, M. J. Renouvier rassembla tous les documents qui pouvaient concourir à son œuvre. Il mit à contribution toutes les Bibliothèques de l'Europe, examina avec soin les collections particulières, qu'on était toujours heureux de lui ouvrir, &, fort de ces notes prises dans un but sagement conçu & bien défini, il sut se prémunir contre le désir trop commun de paraître érudit. Plus que personne, cependant, il possédait une érudition complète, mais il sut précisément se servir de cette érudition pour en tirer un jugement net sur les types & les manières des maîtres graveurs. Il faut un peu avoir étudié les mêmes questions que M. J. Renouvier pour se rendre un compte exact du savoir nécessité pour rédiger ces quatre volumes in-4o; au premier abord, ils pourraient paraître composés facilement & presque sans labeur, tant l'érudition est cachée à l'ombre d'une critique sage & mesurée. Quiconque a tenté d'élucider un point de l'histoire, si minime qu'il soit, connaît les difficultés immenses qui se présentent à chaque pas: les documents absolument contradictoires, les renseignements faux dont fourmillent tous les ouvrages parus antérieurement, paraissent destinés à rebuter les plus courageux; M. Renouvier semble s'être roidi contre tous ces obstacles: il a demandé aux œuvres elles-mêmes leur nationalité & leur origine, & guidé par son goût, il a su assigner à chaque artiste le rang qu'il mérite réellement; il a comparé la *manière* de l'un avec la *manière* de l'autre, & a établi un ordre, une classification qui restera comme un monument.

Depuis la publication de ce précieux ouvrage, chaque année M. Renouvier mettait au jour quelque opuscule intéressant: *Une Passion de 1446, Gérard de saint Jean de Harlem, des gravures sur bois dans les livres d'Antoine Vérard* & quelques autres brochures furent publiées à Montpellier ou à Paris. Il y a deux mois à peine, il apportait avec lui à Paris un nouveau volume qui devait, hélas! être le dernier. C'était une *Histoire de l'origine & des progrès de la Gravure dans les Pays-Bas & en Allemagne, jusqu'à la fin du quinzième siècle.* Que de recherches il a fallu pour découvrir tous ces documents épars en France & en Angleterre, à Leipsic, à Amsterdam, à Vienne, à Cologne & à Bale! Quelle science d'assimilation il avait fallu déployer pour grouper, pour ainsi dire de mémoire, les artistes d'un même terroir, les graveurs d'une même contrée. M. Renouvier se tira à son grand honneur de cette tâche difficile[3]; il sut attribuer à chacun une part d'éloges & une part de blâme convenable; il sut tenir compte des obstacles surmontés & des victoires remportées, & il se disposait à nous donner un travail analogue sur la France & sur l'Italie, lorsque la mort est venue le ravir à sa famille, à ses amis & à la science. Perte fatale & irréparable! Arrivé à tout l'épanouissement de son savoir, M. Jules Renouvier, que son abord bienveillant avait rendu sympathique à tous, eût pu continuer longtemps encore à faire profiter de son érudition les amis de l'art; il eût pu mettre à exécution les nombreux travaux qu'il préparait de longue date, &, grâce à lui, la Gravure longtemps délaissée par les historiens de l'art, eût pris dans l'histoire la place importante qu'elle est digne d'y occuper.

[3] Ce mémoire fut couronné par l'Académie royale de Belgique, dans sa séance du 23 septembre 1859.

BIBLIOGRAPHIE
des ouvrages & opuscules de J. Renouvier.

Des vieilles maisons de Montpellier. Montpellier, 1835, in-8o de 24 pag., 2 planches.

Notice sur les manuscrits de la commune de Montpellier, 1835, in-8o de 32 p. Publication anonyme.

Monuments de quelques anciens diocèses du Bas-Languedoc, expliqués dans leur histoire & leur architecture par J. Renouvier, dessinés d'après nature & lithographiés par J.-B. Laurens. Montpellier. Castel, 1840, 1 vol. in-4o tiré à 100 exemplaires.

Cet ouvrage a commencé à paraître en 1835.

Monuments divers pris dans quelques diocèses du Bas-Languedoc, expliqués dans leur histoire & leur architecture par J. Renouvier, dessinés d'après nature & lithographiés par J.-B. Laurens. Montpellier. Castel, 1841, broch. in-4o.

Notes sur les monuments gothiques de quelques villes d'Italie: Pise, Florence, Rome, Naples (août, septembre & octobre 1839). Caen. Hardel, 1841, in-8o de 18 feuilles. (Extrait du *Bulletin Monumental*, t. VII.)

Notice sur Philippe de Saint-Paul. Montpellier, 1841, in-8o.

Avec la collaboration de Ricard: Des maîtres Tailleurs de pierre & des autres Artistes gothiques de Montpellier. Montpellier & Paris. Dumoulin, 1844, in-4o, fig.

Idées pour une classification générale des monuments par M. J. Renouvier. Montpellier. Bohem, 1847, in-4o. (Extrait des *Mémoires de l'Académie des Sciences & Lettres de Montpellier*.)

Rapport sur le chapitre du Ministère de l'intérieur relatif aux Musées nationaux. Paris, de l'imprimerie de l'Assemblée constituante, 1848, in-4o de 20 pages.

Les Grisettes de race. Montpellier, L. Christin, s. d., 1851, in-8o de 8 pag. Publication anonyme. (Tiré à 50 exemplaires.)

Des Types & des Manières des maîtres graveurs. Montpellier. Bohem. 1853-1856. 4 vol. in-4o.

De Lyon à la Méditerranée, par J.-B. Laurens, avec la collaboration de plusieurs hommes de lettres. 2e livraison.—Le musée de Montpellier, texte par M. Jules Renouvier. Paris. Martinon, 1855, in-8o de 24 p. fig.

Cette brochure a été réimprimée, avec de nombreux changements, dans la *Gazette des Beaux-Arts*.

Les peintres & les enlumineurs du roi René.—Une Passion de 1446, suite de gravures au burin, les premières avec date. Montpellier. Jean Martel, 1857, in-4o (Extrait des *Publications de la Société Archéologique de Montpellier*, nos 24 & 25).

Les Peintres de l'ancienne école hollandaise.—Gérard de Saint-Jean de Harlem & le tableau de la Résurrection de Lazare. Paris. Rapilly, 1857, in-8o.

Des gravures en bois dans les livres d'Anthoine Vérard, maître libraire, imprimeur, enlumineur & tailleur sur bois de Paris. Aubry, impr. de L. Perrin, 1859, in-8o. 2 planches grav. sur bois. (La Mort & l'Amoureux. La Mort & l'Usurier.)

Histoire de l'origine & des progrès de la gravure dans les Pays-Bas & en Allemagne jusqu'à la fin du quinzième siècle, par Jules Renouvier. (Mémoire couronné par l'Académie royale de Belgique, le 23 septembre 1859.) Bruxelles. Hayez, 1860. Planche de monogrammes.

Notices archéologiques, extraites du *Bulletin monumental* de M. de Caumont:

1. Du Style ogival & de son introduction dans le Sud-Est de la France.

2. Excursion monumentale dans les Pyrénées.

3. Essai de classification des Eglises d'Auvergne. Caen.
Hardel, 1837, in-8o de 24 pag.

4. Notice sur la peinture sur verre & sur mur dans le Midi
de la France. Caen, 1839, in-8o.

Notices archéologiques extraites des publications de la
Société Archéologique de Montpellier:

1. Des anciennes Eglises du département de l'Hérault, 1re &
2e partie.

2. Sur les fenêtres de la rue des Rayles.

3. Des Fonts de Vias.

4. Sur une figurine en terre cuite du Cabinet archéologique
de Montpellier, par M. J. Renouvier. In-4o s. d.

Notices publiées dans la *Revue du Midi*:

1. Raphaël ou Ghirlandaio (p. 82-89, 2e série, 1843).

2. Etudes, mœurs & modes archéologiques (p. 181-199,
même série & même année).

Articles publiés dans la *Gazette des Beaux-Arts*:

1. Les Origines de la Gravure en France, 1er avril 1859.

2. La Tête en cire du Musée Wicar, à Lille, 15 septembre
1859.

3. Le Musée de Montpellier, 1er janvier 1860.

4. Sous le pseudonyme de Xavier Nogaret. Exposition de
Montpellier, 1er juin 1860.

5. Des découvertes nouvelles d'Estampes sur bois & sur
métal de l'Allemagne (le peintre graveur de M. Passavant),
15 septembre 1860.

Notice publiée dans les Archives de l'Art français*:*

Jean Troy, directeur de l'Académie de peinture de Montpellier.

Article paru dans la Revue universelle des Arts*:*

Les Estampes de Geoffroy Tory & sa marque de graveur. Tome 5, p. 510.

AVANT-PROPOS.

Nous publions la notice de Jehan de Paris, telle que M. Renouvier l'a écrite; il nous eût été fort difficile, d'ailleurs, d'en agir autrement, car les meilleures sources avaient été consultées & mises à profit. Nous avons pensé utile seulement d'ajouter comme appendice à ce travail, l'intéressante dissertation que M. J. Renouvier publia dans le *Journal des Beaux-Arts* (Anvers 1859), sur le portrait d'Agnès Sorel, attribué à Jean Fouquet, & exposé au musée d'Anvers. Peu de personnes ont été à même de lire ce travail, dans lequel se remarque à un haut degré la critique sûre & toujours clairvoyante de M. Renouvier.

Après cette étude sur Jehan de Paris, qui vient elle-même à la suite d'une notice sur Antoine Vérard, deux autres brochures sur des sujets analogues seront successivement publiées: *Les Gravures sur bois dans les livres d'Heures de Simon Vostre, & des Portraits d'auteurs dans les livres du quinzième siècle*. Nous sommes heureux d'annoncer que l'important travail que M. Jules Renouvier préparait depuis longtemps sur *l'Art & ses institutions pendant la période révolutionnaire* verra le jour. Tous les véritables amis de l'art se réjouiront avec nous de cette bonne nouvelle, & se joindront également à nous, nous en avons l'assurance, pour remercier la famille de M. Renouvier de cette pensée généreuse.

G. D.

JEHAN DE PARIS,
varlet de chambre
& peintre ordinaire des rois Charles VIII & Louis XII.

Entre les poètes & les peintres qui nous vinrent des Pays-Bas au moment de la décadence de la maison de Bourgogne, la gloire a fait d'étranges méprises. Les uns obtinrent facilement une célébrité qui nous semble usurpée; les autres tombèrent aussitôt dans un oubli que nous avons à cœur de racheter. Jehan Lemaire de Belges, disciple de Molinet, clerc de finances, secrétaire indiciaire & historiographe des trois plus puissantes dames de son temps, Madame Anne de France, Marguerite d'Autriche & Anne de Bretagne, est l'un des plus assommants versificateurs de complaintes historiques & allégoriques qui chantèrent les règnes de Charles VIII & de Louis XII; ni l'amitié de Guillaume Cretin, ni le témoignage de Pasquier, d'après lequel il est «le premier qui à bonnes enseignes donna vogue à notre poésie,» ni les éloges de Clément Marot[4] qui confesse avoir appris de lui *la couppe féminine,* c'est-à-dire l'élision, ne lui feront pardonner les hyperboles dont il fait sa prose aussi bien que ses vers. Mais, au nombre des allégories évoquées par sa muse, sont la Peinture & l'Orfévrerie; parmi les personnes dont il a gardé mémoire, sont des artistes; le patron le plus cher qu'il nomme dans ses épîtres est un peintre, l'un des plus excellents de notre école primitive, Jehan de Paris: ces mérites, uniques dans un auteur gothique, recommandent suffisamment son nom auprès des éplucheurs d'histoire & d'esthétique. Je ne suis pas le premier qui le prenne pour texte à ses gloses.

[4]

Adieu la main qui de Flandre en la France

Tira jadis Jean Lemaire belgeois

Qui l'âme avait d'Homère le gregeois.

(Epître à Madame de Soubise. *Œuvres de Clément Marot.* La Haye, 1731, 6 vol. in-12, t. II, p. 183.)

Dans le plus ancien de ses ouvrages, *le Temple d'honneur & de vertu*[5], qui est une déploration de la mort du sire de Beaujeu adressée à Madame Anne de France, l'auteur parle des encouragements qu'il avait reçus de Jehan de Paris «qui par le bénéfice de sa main heureuse, dit-il, a mérité envers les roys & princes estre estimé un second Appelles en paincture.» Vers le même temps, en composant une autre complainte sur la mort de Louis de Luxembourg, comte de Ligny, qui eut lieu en 1503, sous le titre de *la Plainte du désiré*[6], il mit en scène la Peinture & la Rhétorique pour chanter alternativement les louanges du prince. Au milieu du fatras qui sert de discours à la Peinture, on a remarqué une tirade[7] où passent les noms des peintres les plus célèbres que peut trouver le poète: d'abord ceux qui étaient déjà morts, mais dont la réputation était encore entière, puis ceux qui vivaient en Flandre, en Italie & en France:

J'ay pinceaux mille & brosses & ostils

Et si se nay Parrhase ou Appelles

Dont le nom bruyt par mémoires anciennes

J'ay des esprits récents & nouvellets

Plus ennoblis par leurs beaux pincelets

Que Marmion iadis de Valenciennes

Ou que Fouquet qui tant eut gloires siennes,

Ne que Poyer, Rogier, Hugues de Gand

Ou Johannes qui fut tant élégant.

[5] Paris, Michel Lenoir, 1504, très-petit in-fol. goth.

[6] Publiée avec la *Légende des Vénitiens*. Lyon, Jean de Vingle, 1509, & Paris, Geoffroy de Marnef, 1512.

[7] Mariette l'avait déjà transcrite dans son *Abecedario*, en notant soigneusement les détails donnés par Lemaire sur

Jehan Perreal. *Abecedario*, t. IV, p. 113. Elle a été reproduite depuis par M. de Laborde.—*La Renaissance*, t. I, p. 161.

Le premier qui est invoqué ici après les anciens est Simon Marmion, de Valenciennes, peintre, miniaturiste & écrivain, que nous connaissons déjà par quelques comptes, qui, en 1453, fit un tableau pour le plaidoir de l'Hôtel-de-Ville d'Amiens[8], &, en 1466, fut occupé à «ystorier & mettre en fourme» un bréviaire pour le duc de Bourgogne[9]. Il mourut en 1489, à Valenciennes, où Molinet composa son épitaphe. Après viennent deux Français: Jehan Fouquet, le plus connu maintenant de tous nos peintres gothiques[10], & Jehan Poyer ou Poyet, enlumineur & historieur des Heures d'Anne de Bretagne[11]; les trois autres sont des Flamands bien connus: Rogier Van der Weyden, de Bruges ou de Bruxelles, Hugo Van der Goes, de Gand, & Hans Memling. Le nom de Johannes conviendrait aussi à Jean Van Eyck, qui souvent n'a pas d'autre désignation que ce prénom latin, ainsi qu'on le voit sur ses tableaux, sur sa tombe dans l'église de Saint-Donat, à Bruges, dans les comptes des ducs de Bourgogne & dans les inventaires de Marguerite d'Autriche. Mais ici nous croyons qu'il peut s'appliquer à Jean Memling, qui venait de mourir en 1499, & dont la réputation avait même éclipsé celle de son maître. Il se pourrait aussi que l'auteur les confondît tous deux; il y en eut bien d'autres confondus sous ce nom de Jean, le plus commun parmi les peintres du quinzième siècle, parce que saint Jean était, après saint Luc, le patron le plus fréquenté de leur confrérie.

[8] Recherches historiques sur les ouvrages exécutés dans la ville d'Amiens pendant les XIVe, XVe & XVIe siècles, *par H. Dusevel. Amiens, 1858, in-8, p. 25.*

[9] *Les ducs de Bourgogne*, par M. de Laborde, t. I, p. 496.

[10] M. le C. de Bastard. *Peintures & ornements des manuscrits*, Paris, 1835, gr. in-fol., & les *Manuscrits français* de la bibliothèque du roi, par M. P. Paris. Paris, 1838, in-8, t. II, p. 265.—De Laborde, *la Renaissance des Arts*, t. Ier. Paris, 1850, in-8, p. 155.—Vallet de Viriville, *Revue de Paris*, 1er août 1857, t. XXXVIII, p. 409.

[11] De Laborde, *les ducs de Bourgogne*, t. I, p. 24. *La Renaissance*, t. I, p. 273.—Leroux de Lincy, *Gazette des Beaux-Arts*, 1er mai 1850, in-8.

Voici maintenant les artistes vivants interpellés par la Peinture:

Besoignez donc, mes alumpnes modernes

Mes blancs enfans nourris de ma mamelle:

Toy, Léonard qui a graces supernes

Gentil Bellin dont les los sont éternes

Et Perrusin qui si bien couleurs mesle.

Et toi, Jehan Hay, ta noble main chome elle

Vien voir nature avec Jehan de Paris

Pour lui donner umbraige & esperits.

Ne regardons pas aux rimes, admirons la sûreté de goût de Lemaire qui, entre tous les Italiens arrivés de son temps à la gloire, désigne dans les trois écoles capitales ceux que la postérité a si bien acceptés: Léonard de Vinci, Bellini & Pérugin. Ce ne peut pas être un petit honneur que la place qu'il va donner à côté d'eux à un Flamand & à un Français. Ce Jehan Hay, que personne n'a révélé, ne peut être en effet que Jehannet, le père de François Clouet, dit aussi Jehannet, le second des quatre Clouet ou Jehannet aujourd'hui connus. Les supputations ingénieuses de MM. de Laborde & de Freville[12] ont établi sa résidence à Tours en 1522, & sa mort en 1541. La plus ancienne mention que l'on ait trouvée de lui est de 1518, mais depuis longtemps déjà il était venu de Belgique avec son père, & Jehan Lemaire devait être en rapport avec lui. Il était, à la dernière date que nous avons donnée, peintre en titre d'office à côté de Jehan de Paris. Pourquoi donne-t-on ici une orthographe différente d'un nom aussi connu? Parce que la variété d'orthographe dans les noms propres n'est pas seulement licite dans la grammaire gothique, elle est de bon ton & comme un agrément de plus du discours, toujours porté à l'amphibologie. Le nom de Jehannet est écrit dans les documents: Jehannot, Janet, Jainet & Jennet; une variation de plus marquée de l'accent belge n'a pas de quoi surprendre. L'auteur lui-même se nomme dans ses livres Jean Le Maire & Jehan Le Maistre. Vainement on chercherait quelque application plus sortable parmi les peintres du nom de Hay, Haie & de La Haye[13]; en s'arrêtant à celle-ci, on obéit, non pas seulement à la lettre, mais à l'esprit même du poète qui, dans cette invitation à l'étude de la nature, n'a pu associer à Jehan de Paris qu'un peintre tel que Jehannet. Ses vers ne valent pas sans doute ceux des poètes de la grande pléiade qui célébrèrent François Clouet; ils ne manquent pas pourtant de quelque sentiment au milieu de leurs grands mots. Je ne sais si l'auteur comprenait comme nous ceux d'*ombraige* & d'*esperits* par lesquels il termine; mais ne sont-ils pas les deux termes auxquels viennent aboutir toutes les doctrines de la peinture: la lumière & l'expression?

[12] La Renaissance, t. I, p. 13.—Additions, *p. 367.*—Archives de l'Art français, *t. III, p. 97, 287.*

[13] On le trouve écrit Jehan Jay, dans le texte donné dans l'*Abecedario* de Mariette, mais c'est une faute de copie ou d'impression.

Au service de Marguerite d'Autriche, Jean Lemaire, qui avait su inspirer à sa maîtresse assez de goût poétique pour qu'elle voulût s'essayer à rimer, donna carrière à sa verve. Il chanta Marguerite Auguste dans deux épîtres joyeuses qui avaient compromis sa réputation de chasteté auprès des savants, qui ne s'étaient pas aperçus que l'*Amant verd*, objet des privautés de la princesse, n'était pas le pauvre poète, mais un perroquet. Il la célébra encore dans une suite de poésies intitulées *la Couronne margaritique*, où l'orfévrerie & les artistes ont un rôle important. Cette pièce n'a été publiée qu'après la mort de l'auteur[14], mais, par sa composition, elle se rapporte à une date qui ne peut pas être éloignée des précédentes, ni très-postérieure à l'année 1504 où Marguerite perdit son mari, Philibert de Savoie. Elle est comme l'inauguration de son illustre veuvage.

[14] Dans l'édition des *Illustrations de Gaule & singularités de Troyes.*—Lyon, Jean de Tournes, 1549, in-fol.

Par *Couronne margaritique*, l'auteur entend un ouvrage d'orfévrerie allégorique, dont la déesse Vertu fait le plan, dont le portrait ou dessin est tracé par la peintresse antique Marcia, & qui est exécuté par Mérite, orfèvre des dieux. Les peintres les plus fameux des Pays-Bas & de la France viennent admirer le dessin entre les mains de Mérite, un orfèvre de Valenciennes, Gilles Steclin, se présente pour y travailler; Mérite convie également à son œuvre le père de celui-ci, Hans Steclin, de Cologne, & les orfèvres les plus en renom de tous pays.

Je me dispenserai de citer ici ce long morceau qui a été plusieurs fois reproduit[15], je veux seulement faire la liste des artistes qui y sont énumérés, en ajoutant l'interprétation des noms adoptés par l'écrivain qui ne sont pas tous connus. Voici d'abord les peintres qui sont, pour les premiers seulement, les mêmes que dans la *Plainte du désiré*: maistre Roger; Fouquet; Hugues de Gand; Johannes; Marmion; Dierick de Louvain, il est connu aussi sous le nom de Dierick, de Harlem & de Stuerbout; maistre Hans de Bruges. Ici Lemaire ne confond plus Jean Van Eyck & Jean Memling; par Hans de Bruges, il ne peut entendre, en effet, que Memling, longtemps appelé Hemling, & désigné autrefois par le nom de maistre Hans dans les registres des confréries de Bruges, & dans l'inventaire des tableaux de Marguerite d'Autriche. Maistre Hugues Martin, de Francfort, nous voyons ici Martin Schongauer, ou le beau Martin, qui eut tant d'appellations différentes: Hipsch, Hubsch, Bel & Bellus, Schoen & Schongauer, de Colmar, de Kalemback & d'ailleurs. Damiens Nicolas, c'est Colin d'Amiens, peintre de Louis XI, en 1482[16]; maistre Loys de Tournay, celui-ci est resté parmi les inconnus d'une ville qui fournit quelques peintres à des travaux de commande locale[17]. Baudouyn de Bailleul, c'est encore un Flamand, mais on ne trouve un nom pareil dans les comptes des ducs de Bourgogne que, vers 1420[18]. Lemaire le désigne comme *faisant patrons*, c'est-à-dire dessinateur. Jacques Lombard de Mons, je n'ai rien trouvé sur son compte; Lieven d'Anvers, celui-ci est connu comme peintre d'architecture & de vitraux, dessinateur de gravures sur bois & miniaturiste; il travaillait vers 1460. On l'appela aussi Lievin de Witt & Lievin de Gand, si toutefois il n'y a pas là deux artistes, point qui n'est point encore éclairci[19].

[15] De Laborde, *les Ducs de Bourgogne*, t. I, p. 25.—Crowe & Cavalcaselle, *The early flemish painters.* London, 1857, in-12, p. 330.—Haizen, *Archiv. für die zeichnenden Künste*, t. XVI, 1859, in-8.—Alvin, *Revue universelle des Arts*, 1859, t. IX, p. 204.

[16] *La Renaissance*, t. I, p. 59.

[17] *The early flemish painters*, London, 1857, in-12, p. 232.—Je ne sais sur quel fondement M. Wauters l'interprète par le nom de Daret.—*Revue universelle des Arts*, t. II, 1855, in-8, p. 6. On trouve un peintre de ce nom employé par Charles-le-Téméraire & venu de Tournay à Bruges, mais il a pour prénom Jacques. Document publié par M. Michiels, *Histoire de la peinture flamande.* Bruxelles, 1845, t. II, p. 412.

[18] *Les Ducs de Bourgogne*, t. I, p. 164, 172.

[19] Passavant, Recherches sur l'ancienne école de peinture flamande.—Messager des sciences historiques de Gand, 1841, in-8, p. 324, & 1842, p. 247.—Des types & des manières des maîtres graveurs, XVIe siècle, 1854, in-4, p. 152.

L'orfèvre principal, chargé du travail de la *Couronne margaritique*, est le Vallencelois Gilles Steclin, auquel est adjoint son père Hans Steclin de Colongne. Les noms de ces artistes ont été relevés par M. de Laborde dans les comptes des ducs de Bourgogne, Hance Steclin en 1438, Gilles Steclin en 1482[20]. M. Harzen a conjecturé que ce dernier pouvait être le graveur connu sous le nom du maître de 1466, qui marquait ses estampes de cette date & des lettres E & G S, qui s'appliqueraient au prénom latin ou vulgaire Egidius ou Gilles, & au nom de l'artiste Stechin ou Steclin, corruption de Stecher, orfèvre[21]. Si cette ingénieuse conjecture, à laquelle, pour ma part, je ne fais pas d'objection, était vérifiée, notre historiographe aurait doublement mérité de l'histoire de l'art en signalant, entre les orfèvres des Pays-Bas, celui qui devait, par ses estampes, vivre plus longtemps qu'aucun autre, bien qu'il ne fût alors plus connu par ses orfévreries. Voici les noms des autres orfèvres à l'approbation desquels Mérite soumet ensuite le portrait de sa couronne. On y voit des artistes de provinces fort diverses; un seul est célèbre, les autres n'auront pas d'autre souvenir que celui qu'a bien voulu leur octroyer le poète: Adrien Mangot, de Tours[22]; Romain Christophe Hiérémie; il ne faut pas voir là trois noms, comme l'indiquent quelques commentateurs, mais un seul artiste, Cristoforo Geremia ou Hieremia, qui était de Rome, orfèvre-ciseleur, & qui travaillait vers 1470[23]; Donatel de Florence; Petit Antoine de Bourdeaux; Jean de Nimègue; Robert Lenoble, Bourguignon[24]; Margeric d'Avignon; Corneille, Gantois; Jean de Rouen.

[20] *Les Ducs de Bourgogne*, t. I, p. 360, 534.

[21] Einige Worte über den sogenannten «Meister von 1466». *Archiv. für die zeichnenden Künste*, V. 1859, in-8.— Quelques notes sur le maître de 1466, trad. & annot. par M. Alvin, *Revue universelle des Arts*, t. IX, 1859, in-8.

[22] Il était orfèvre de Louis XI en 1474, & travailla par l'ordre du roi à une châsse de Saint-Martin de Tours. *La Renaissance*, t. I, p. 58.

[23] Zani, *Enciclopedia delle belle arti*, P. 1, t. IX, p. 349.

[24] *La Renaissance*, t. I, p. 60.

La fiction de la *Couronne margaritique*, toute d'apothéose, ne mentionne que des artistes morts à l'époque où écrivait le poète. C'est pour cela qu'il n'y a pas nommé Jehan de Paris, & non pas par ingratitude, comme on l'en a accusé[25]: On va voir que celui-ci tint toujours une place considérable dans ses ouvrages; mais rassemblons d'abord nos renseignements historiques sur le peintre.

[25] *La Renaissance*, t. I, p. 186.

On rencontre le nom de Jehan de Paris, en 1483, dans la fourrière de la reine Charlotte, femme de Louis XI. Il a le titre de varlet de chambre, & il est là en compagnie de plusieurs artistes: Martin Lailly, libraire; Anthoine Legru, joueur de luth; Lambert Dufey, orfèvre, tous aux gages de six vingts livres[26].

[26] Godefroy, *Histoire de Charles VIII*. Paris, 1684, in-fol., page 366.

Cependant il n'est pas certain que ce soit là notre artiste. Le nom de Jehan de Paris a été porté par d'autres avant lui, sans compter le héros de la *Bibliothèque bleue*, & celui dont Rabelais a fait dans son Enfer un gresseur de bottes. En 1455, il était déjà parmi les gens & officiers du duc d'Orléans[27]. D'un autre côté, on ne le trouve pas sur les listes que nous avons des officiers de la maison de Charles VIII en 1490. M. de Laborde ne l'a pas trouvé non plus dans les comptes de cette époque[28]. Bien que Jehan de Paris soit considéré avec raison comme l'un des quatre grands peintres primitifs, & mis en parallèle avec Fouquet, Lichtemon & Bourdichon; bien qu'il soit qualifié du titre de peintre de Charles VIII, & cité comme tel dans les *Contes de la reine de Navarre*, ce n'est qu'à Lyon qu'on voit commencer sa carrière.

[27] Les Ducs de Bourgogne, t. III, page 372.

[28] *La Renaissance*, t. I, page 183.

Maistre Jehan de Paris fut, en 1489, le peintre principal chargé par la ville de Lyon des travaux de décoration & de représentation pour l'entrée de Charles VIII; on en a récemment trouvé, dans les archives de la ville[29], les comptes écrits & signés de sa main. On voit par ces comptes que Jehan de Paris avait fait les patrons & rhétorique des histoires qui furent représentées, & que d'autres peintres nommés Dominique, Jacques le Catelan & Philipeaux y avaient aussi besogné à des ouvrages qui ne seraient pas aujourd'hui du ressort des peintres. Ils reçoivent salaire pour avoir monté un lion dans un grand tupin de terre, & avoir ensuite assorti le poil & les peaux dudit lion; pour avoir fait des costumes: une robe pour le Soleil, deux habits pour le berger & France; & même pour avoir rempli des rôles: saint Michel, le Serpent, le Diable; «celui qui fit le Diable & qui cuida brûler,» Jacques le Catelan besongna à la cité de Jérusalem & peignit l'eschaffaut de la place de l'Herberie.

[29] M. Rolle, archiviste-adjoint, qui se propose de les publier, a bien voulu m'en communiquer des extraits & me donner le fac-simile de la signature du peintre, que l'on trouvera ici.

En 1493, Jehan de Paris fut encore l'ordonnateur principal de l'entrée du roi & de la reine Anne de Bretagne à Lyon. Les comptes en existent encore dans les archives de la ville.

Dans les histoires ou mystères représentés à cette occasion, c'est un auteur, maître Anthoine Chevalet, qui avait composé la poésie & versification[30]; M. Péricaud a conjecturé que le sujet de ces mystères était l'histoire de saint Christophe, parce que Chevalet composa un mystère sous ce titre, qui fut représenté & imprimé plus tard à Grenoble. Mais les mystères dont il s'agit ici ne sont, selon toute apparence, que des suites de tableaux peints sur des rouleaux de toile ou de papier, & accompagnés de légendes versifiées, que l'on dressait à certaines places, dans les entrées solennelles, & qui sont appelés par les chroniqueurs mystères sur échaffauts. Ils étaient mêlés aussi de représentations plus réelles, où des personnes vivantes, de belles demoiselles de la ville venaient représenter des personnages allégoriques, & réciter aux royaux assistants les dictons versifiés en leur honneur. Le peintre intervenait même pour ordonner leurs habillements. Mais il ne s'agit point encore ici de mystères joués sur une scène par des acteurs. C'est après ces travaux que Jehan de Paris paraît attaché au service du roi comme varlet de chambre & compris dans sa chirurgie[31]. A ce titre, il fut exempté de toutes tailles & subsides dans la ville. Il voyagea avec la cour en Italie; il séjourna à Amboise, en revenant souvent à Lyon, où le roi était fort attiré, comme on sait, par la bonne grâce des dames lyonnaises[32].

[30] *Bibliographie lyonnaise du quinzième siècle*, par M. Péricaud. Lyon, 1851, in-8, p. 9.—3e partie, Lyon, 1853, in-8, p. 20.—*Notice sur Jehan Perreal.* Lyon 1858, in-8.

[31] L'état des officiers de la maison de Charles VIII en 1495 porte au nombre des chirurgiens Jean Bricet, dit de Paris. *Histoire de Charles VIII*, p. 705.

[32] *Histoire veritable de la ville de Lyon*, par Claude de Rubys. Lyon, 1604, in-fol., p. 348.

En 1496, Jehan de Paris est le premier signataire des statuts de la corporation des peintres, tailleurs d'images & verriers de Lyon, qui furent confirmés par ordonnance royale[33], & qui sont le document de ce genre le plus explicite que nous ayons pour le quinzième siècle. Nous verrons qu'il n'est pas le seul artiste distingué qui figurât dans cette corporation.

[33] Ordonnances des rois de France, t. XX, p. 570.— Histoire des anciennes corporations d'arts & métiers, *par Ouin Lacroix. Rouen, 1850, in-8, p. 741.*

Anne de Bretagne fit une seconde entrée à Lyon en avril 1499. Les comptes de cette entrée, qui ont été conservés dans le recueil des manuscrits de Guichenon[34], nous donnent d'abord les noms des artistes qui firent la belle médaille à l'effigie du roi & de la reine: *Lugdunensi Republica gaudente bis Anna regnante benigne sic fui conflata 1499*; ils s'y montrent les rivaux de Pisano & de Sperandro. Ce sont maistre Nicolas Leclerc, tailleur d'Ymages, & Jean de Saint-Priest[35] «pour la taille & façon des pourtraicts & molles faits pour la médaille,» & Jehan Lepère, orfèvre, pour les pièces en or, en argent, en cuivre & en plomb qui en furent fondues. Ils nous donnent ensuite le poète qui fit la rhétorique des personnages & mystères de l'entrée, Jenin de Beaujeu; les ouvriers qui dressèrent les échafauds & les tapisseries & arrangèrent les chapelles; ceux qui habillèrent les jeunes filles chargées d'y représenter les sibylles; le carrier Pierre Gayen & l'écrivain maistre Yvonnet, qui avaient fait sur des feuilles de papier collé les *chappeaux de buys*, les *roleaux* ou *rollets* ornés de devises & d'hermines que portaient ces sibylles, & qu'elles débitaient au passage de la reine.

[34] *Recueil de pièces curieuses pour servir à l'histoire*, 1661, 34 vol. in-fol., t. XXXI, no 85; Bibliothèque de la Faculté de médecine de Montpellier. Cette liasse de 34 pièces est en grande partie publiée par M. G. de Soultrait,—*Revue numismatique*, année 1855, in-8, p. 48, & *Revue du Lyonnais*, année 1857, in-8, p. 105 à 129.

[35] Ces noms, que M. de Soultrait a vainement cherchés dans les ouvrages sur les médaillistes du moyen-âge, se trouvent dans les statuts des peintres de Lyon de 1496.

Ils donnent enfin le nom du peintre qui avait donné le dessin de ces rollets des sibylles & qui en acheva l'ornementation: «Maistre Jehan, le peintre, & son vallet, pour les avoir arrondis de coleurs trassez & coppez.»

Beaucoup mieux que dans les relations officielles des Entrées royales imprimées au seizième siècle, on voit dans ces menus devis de costumiers la mise en scène des mystères sur échafauds par l'intervention enchevêtrée des artistes gothiques. La part y est bien faite au cartier, à l'écrivain, au peintre.

Celui-ci, qui ne peut être que Jehan de Paris, a de plus signalé sa présence par une circonstance rare qui n'a point encore été remarquée: au dos d'un de ses comptes, il a griffonné à la plume deux petites têtes & un mascaron, distraction d'artiste qui reste précieuse pour sa promptitude; on en jugera par ce fac-simile:

Ces griffonnages étaient si bien dans les habitudes du peintre, qu'on en a trouvé un autre exemple dans les comptes de 1493, où M. l'archiviste-adjoint a relevé le dessin d'une botte dans son étrier & ses éperons.

Nous n'avons pas de documents sur les travaux que put faire Jehan de Paris à la suite de Charles VIII en Italie; mais les livres gros & petits imprimés sur cette campagne, depuis le *Vergier d'honneur*, d'André Delavigne, jusqu'aux *Nouvelles du Roy en sa ville de Naples*, contiennent des gravures sur bois, où plusieurs sujets ont assez d'actualité pour qu'on puisse les croire faits sur ses dessins. J'essaierai ailleurs d'en donner une indication plus précise; on doit encore lui faire une part dans les planches qui accompagnent les petits livres publiés sur la mort de Charles VIII, l'avénement de Louis XII, son sacre à Reims, son entrée à Paris, & ses *Nouvelles de Milan*. Le chroniqueur «qui suivoit la cour de Louis XII pour savoir des nouvelles & icelles rediger par écrit,» nous a parlé d'un de ses ouvrages[36]. On racontait à Milan, en 1501, qu'il était né un enfant monstrueux qui avait deux visages avec un membre viril au front & au menton. On avait voulu étouffer le fait avec l'enfant, mais les matrones l'ébruitèrent; les grands clercs, consultés, en donnèrent une explication plus morale que congrue: «Or, avoit Jehan de Paris pourtrait la figure du dit monstre après le naturel, laquelle montra au roi & à plusieurs autres, desquels je fus.» Nos anciens artistes saisissaient volontiers les occasions d'étudier la nature, même dans ses écarts, & de servir la curiosité publique. On connaît de ces monstres plusieurs gravures italiennes & allemandes. Notre Français se rencontra ici avec un peintre de grand nom. Léonard de Vinci, selon le témoignage de Lomazzo[37], fit aussi à Milan le dessin d'un enfant monstrueux. La description qu'il en donne se rapporte trop bien à celle de Jean d'Auton pour qu'on ne puisse douter que ce ne soit le même que dessina Jehan de Paris.

[36] *Chroniques de Jean d'Auton*, publiées par M. P. Lacroix. Paris, Techener, 4 vol. in-8, t. I, p. 326.

[37] Tractato dell' arte della pittura. *Milano, 1585, in-4, p. 637.*

Jehan de Paris suivit en Italie Louis XII comme il avait suivi Charles VIII, & il y a lieu de lui faire une grande part dans les gravures qui accompagnèrent les livrets publiés sur cette campagne. On en signale dans les *Lettres nouvelles de Milan*[38], imprimées vers 1500 avec des vers de Pierre Gringore.

[38] *Manuel du Libraire*, t. II, p. 462 &. t. III, p. 114.

Mais les meilleurs renseignements nous viendront encore ici de Jean Lemaire. Il avait commencé, étant encore au service de Marguerite d'Autriche, la publication de son livre fabuleux, historique & poétique, intitulé *les Illustrations de Gaule & singularités de Troye*[39], & il le poursuivit quand il passa au service d'Anne de Bretagne, avec les mêmes qualités de secrétaire indiciaire & historiographe. C'est là qu'avec les dédicaces aux deux princesses & avec les poésies en leur honneur, se trouvent les épîtres à maistre Jehan Perreal de Paris, painctre & varlet de chambre ordinaire du roi, qu'il appelle son singulier patron & protecteur, son chier ami, le bon ami du roi, & notre second Zeuxis en painecture. L'auteur n'y fait aucune allusion aux figures qui décorent son livre, si ce n'est pour dire qu'elles sont bien nécessaires à son propos, mais on peut bien soupçonner que le cher artiste n'y fut pas tout à fait étranger; leur publication, presque simultanée à Lyon & à Paris, vient confirmer la conjecture. Ces figures consistent en sept planches, dont deux ne sont qu'une répétition agrandie, auxquelles viennent s'ajouter les marques des imprimeurs dans les diverses éditions.

[39] La première édition fut donnée à Lyon par Etienne Baland, avec un privilége du roi daté de Lyon 1509, une dédicace à Marguerite d'Autriche, & une épître à Jehan Perreal datée de 1510. La seconde fut imprimée à Paris pour maistre Jean Lemaire, indiciaire & historiographe de la royne, par Geoffroy de Marnef, 1512 & 1513. Il y en eut d'autres en 1525, 1528 & 1529 avec les mêmes planches reproduites ou copiées.

Les *armoiries de l'auteur* fort compliquées avec sa devise: *De peu assez.*

Les *armoiries d'Anne de Bretagne*, écus accolés de France & de Bretagne au-dessus d'un pré où broutent des vaches, avec la devise: *Vivite felices.*

Noé ou Janus & Titea sa femme, réparateurs du genre humain, *dans un navire.*

Hercules, premier roi de Gaule, Galatea sa femme, & Araxa, reine de Scythie, demi-femme & demi-serpent, *représentations appropriées aux premiers chapitres du texte.*

Les armoiries de Marguerite d'Autriche *avec sa devise:* Fortune infortune fors une.

Ces planches sont gravées avec régularité & fermeté sans trop de pesanteur, bien que les détails y soient crument exprimés. Le dessin indique une manière sage, où le plus gros des façons italiennes est déjà imité. La plus remarquable par la composition & par la taille, est celle qui fut ajoutée à l'édition de Marnef. On y voit représentée la reine Anne sur son trône, à l'angle d'une enceinte formée de panneaux & d'un terrain fleuri; devant la reine, s'ébattent trois demoiselles, &, à ses pieds, est la figure de la Puissance accompagnée d'un ange qui lui présente un livre. La reine est accoutrée à l'antique, avec les cheveux épars & la couronne sur la tête. Le caractère tout païen de la composition est encore marqué par le Mercure gaulois qui figure dans le fond, & par l'inscription au devant du trône DIVE IVNONI ARMORICE SACRVM. Les miniaturistes n'avaient guère représenté la reine Anne que devant son prie-dieu; les graveurs sur bois la représentèrent en Junon. C'est sous son règne que la Renaissance avait fait son plus grand mouvement, & Jehan de Paris en avait été l'un des plus actifs promoteurs; ce ne peut être que lui, attaché plus particulièrement à la reine comme valet de chambre & garde de la vaisselle[40], ami & patron de son historiographe, qui a donné le dessin de cette apothéose. Nous verrons que ce n'est pas le seul portrait d'elle qu'il eut à faire.

[40] *La Renaissance des Arts*. Additions au t. I, p. 748.

A la suite des *Illustrations de Gaule* parurent chez Geoffroy de Marnef d'autres opuscules, en prose & en vers, de Jehan Lemaire, & c'est dans l'épître qui accompagne l'un de ces opuscules, *la Légende des Vénitiens*, factum en faveur de la ligue de Cambrai, que ce lisent les détails les plus intéressants sur notre peintre, dont l'auteur raconte les travaux en Italie à la suite du roi. «De sa main mercuriale il a satisfait par grant industrie à la curiosité de son office & à la récréation des yeux de sa très chrétienne Majesté, en paignant & représentant à la propre existence, tant artificielle comme naturelle, dont il surpasse aujourd'hui tous les citramountains, les cités, les villes, chasteaux de la conqueste & l'assiette d'iceulx, la volubilité des fleuves, l'inégalité des montaignes, la planure du territoire, l'ordre & le désordre de la bataille, l'horreur des gisans en occision sanguinolente, la misérableté des mutilés nagans entre mort & vie, l'effroy des fuyans, l'ardeur & impétuosité des vainqueurs, & l'exaltation & hilarité des triomphans; & se les ymaiges & painctures sont muettes, il les fera parler ou par la sienne propre langue bien exprimant & suaviloquente. Par quoy à son prochain retour, nous envoyant ses belles œuvres, ou escoutant sa vive voix, ferons accroire à nous mêmes avoir été présens à tout.»

En rapportant cette description des tableaux & des dessins de Jehan de Paris, M. de Laborde a pensé qu'ils avaient été sans doute utilisés par les sculpteurs du tombeau de Louis XII[41]. On sait, en effet, que Jehan Juste en exécutant ce monument, en 1518, avait placé au soubassement des bas-reliefs représentant l'entrée de Louis XII à Milan, le passage des montagnes de Gênes & la bataille d'Aignadel. On sait aussi que ces sculptures étaient traitées à la façon des peintres, avec des plans successifs, des fonds, des ciels & des paysages. Nous avons indiqué, d'un autre côté, les livres d'histoire & de nouvelles où se trouvent des planches de batailles & de siéges, qui, dans leurs petites proportions, se rapportent à peu près aux descriptions de l'auteur. Il ne nous manque qu'un fil pour en faire une attribution plus précise.

[41] *La Renaissance*, t. I, p. 186.

L'entreprise la plus considérable à laquelle Jehan de Paris fut appelé à prendre part, est l'église de Brou. Il résulte de lettres & de documents récemment découverts[42], qu'il fut le premier architecte de cet édifice, l'un des derniers bijoux de l'art gothique. Recommandé par Lemaire à Marguerite d'Autriche lorsqu'elle voulut honorer la sépulture de son mari par un monument somptueux, il fournit, de 1506 à 1511, les plans de l'église, les modèles des statues, les ordonnances, portraits & tableaux d'après lesquels travaillèrent les plus habiles artistes: Michiel Coulombe, tailleur d'ymaiges du roi Louis XII, & ses neveux, Guillaume Regnault, aussi tailleur d'ymaiges; François Coulombe, enlumineur, son disciple; Jehan de Chartres, tailleur d'ymaiges de la duchesse de Bourbon, & d'autres tels que maistre Henriet, maistre Jehan de Lorraine[43].

[42] Lettres trouvées par M. Leglay dans les archives du département du Nord, *Analectes historiques*. Paris & Lille, 1838, in-8. Lettre mentionnée par M. Bernard: *Geoffroy Tory*. Paris, 1857, in-8, p. 35.

[43] Marché publié, par M. de Laborde. *La Renaissance*, t. I, p. 187.

Dans un écrit de Michiel Coulombe lui-même, daté de 1511, accusant divers reçus de Jehan Lemaire, & donnant des détails précieux sur la sépulture du duc Philibert de Savoie, mari de Marguerite, duchesse de Bourgogne, on voit que cet artiste se servait des belles ordonnances, des portraits & des tableaux faits de la main de Jehan Perreal de Paris, d'après lesquels il travaillait lui & ses neveux à ses ouvrages de sculpture[44].

[44] Ecrit publié par M. Leglay, *Analectes historiques*, p. 13.

Malheureusement il perdit ensuite la faveur de Marguerite, auprès de qui Lemaire ne pouvait plus l'appuyer, & il fut supplanté, en 1513, dans la direction des travaux de Brou par un architecte belge, Louis Van Bughen. Celui-ci apporta beaucoup de modifications aux plans primitifs, & y employa beaucoup d'ouvriers de son pays[45]. Le monument aurait été certainement d'un style plus italianisé si les projets de l'architecte français avaient été suivis.

[45] *Histoire de l'église de Brou*, par M. Jules Baux. Lyon, 1854, in-8, p. 188.

A la mort d'Anne de Bretagne, en 1513, Jehan de Paris fut chargé des travaux de peinture usités en ces circonstances. Dans la *Commémoration* & la complaincte publiées sur cette mort par le hérault d'armes Bretaigne[46], il est cité deux fois: d'abord comme l'un de ceux qui, à Blois, assistèrent à la mise au cercueil du corps de la reine, &, ensuite, pour avoir besoingné à la saincte & remembrance faicte près du vif après la face de la reine, qui à Paris fut portée sur un drap d'or par les quatre présidents de la cour. Chaque fois le narrateur ajoute qu'il ouvra moult à toutes les affaires de la conduite de la reine défunte, de Blois, à Paris. Les manuscrits qui ont été conservés de cette *Commémoration* contiennent une dizaine de miniatures, où l'on peut prendre une idée de ces représentations funéraires. On y voit le corps de la reine exposé en son lit de parement, la face découverte, dans la salle d'honneur du château de Blois, entourée des principaux assistants, sa mise au cercueil, le lit posé dans la salle de deuil & dans l'église Saint-Sauveur hors du château; puis le corps de la reine porté en l'église de Paris par les quatre présidents, & le cœur d'or émaillé contenant son cœur, exposé dans la chapelle ardente. Il n'y a pour tout mérite dans ces miniatures qu'une certaine vérité de physionomie & de costume; elles sont d'une pratique trop dégradée pour qu'on y reconnaisse la main du peintre en titre de ces funérailles; on peut y reconnaître cependant des réductions faites à la grosse des patrons qu'il avait exécutés.

[46] Commémoration & advertissement de la mort de très-chrétienne... Madame Anne, deux fois reine de France... & complaincte que fait Bretaigne son premier hérault. Manuscrits de la Bibliothèque nat. Il y en a six exemplaires (nos 9709, 9710, 9711, 9712, 9713, 1 & 2) qui reproduisent avec peu de différences d'exécution dans leurs miniatures, au nombre d'une dizaine, les mêmes représentations. Les plus soignés sont les numéros 9709 & 9711; le texte de cette relation a été publié par MM. Merlet & de Gombert. Paris, Aubry, 1858, pet. in-8. (*Trésor des p. rares & inéd.*)

D'après les comptes de la cour qui nous restent, le peintre du roi paraît employé à des travaux fort divers & plus humbles que ceux que nous venons de voir. Au second mariage de Louis XII, en 1514, il eut la direction des cousturiers chargés d'accoutrer à la mode de France la nouvelle reine, Marie d'Angleterre. Aux obsèques du roi, qui vinrent l'année d'après, il fit «la peinterie & l'armoirie des écussons avec ordre, couronne & timbre[47].» Nous pouvons prendre quelque idée de la manière dont ces costumes & ces peinteries étaient arrangés, dans les planches qui accompagnent les livrets des *Entrées de Marie d'Angleterre*[48] & de l'*Obsèque du feu roy Loys douzième*[49]. Dans une *Epître consolatoire* sur la mort du roi, adressée à Marie d'Angleterre par le révérend docteur Moncetto de Castillione[50], imprimée par Henri Estienne en 1515, se trouve un portrait de la reine qui sort de la routine des bois d'imprimeur. Le peintre qui avait fait l'original s'était inspiré de ces portraits de Milanaises que l'on trouve gravés dans l'école de Léonard de Vinci. La tête, bien que dessinée avec trop de sécheresse, & une pratique éloignée du naturel, n'est pas sans agrément; les lisses de la chevelure relevés de passefillons, la coiffe & le chaperon jetés en arrière & arrondis en diadème de passementerie & de joyaux, le buste décolleté jusqu'à la moitié du sein, orné d'un collier; n'est-ce point la mode que Jehan Perreal était allé donner aux cousturiers de la reine? En plaçant son portrait ainsi arrangé dans un livre qui célèbre sa douleur de veuve, le graveur s'excuse de lui laisser un air aussi mondain. Marie, la reine blanche de France, n'est point ainsi, dit-il; elle aurait dû être peinte en habits de deuil, mais le peintre ne l'avait pas vue en noir.

[47] *La Renaissance*, t. I, p. 188, 190, 191.

[48] *Entrées de Marie d'Angleterre à Abbeville & à Paris*, publiées par M. Cocheris. Paris, Aubry, 1859, in-12.

[49] Obsèques du feu roi Loys douzième de ce nom, *petit in-8.—Brunet,* Manuel du libraire, *t. III, p. 544.*

[50] Epistola consolatoria de morte Ludovici XII per modum dyalogi, edita a magistro Joanne Benedicto Moncetto de Castellione aretino... in ædibus Henrici Stephani, chalcographiæ artis peritissimi regione schole decretorum moram trahentis. *M.D.XV. Pet. in-4, 16 f.*

Maria Francorum alba regina non sic. Sed pullata depingenda veniebat verum hanc atratam pictor non viderat. Ces mots sont écrits en deux lignes en marge de la planche, dont la taille décèle dans sa sobriété beaucoup d'habitude de main. On l'a suivie d'aussi près qu'on l'a pu dans la copie qui en est donnée en tête de cette brochure.

En voyant ce portrait dans un livre d'Henri Estienne, je me suis demandé si cet imprimeur, le chef de l'illustre famille des Estienne, qui se qualifie de très-habile dans l'art chalcographique, n'employa pas dans d'autres livres des planches dont le dessin viendrait de la même source, & j'en ai trouvé quelques-unes qui se rapprochent de celles des Heures, & d'autres qui méritent d'être remarquées[51]. Ce sont des titres à encadrements qui ne sont pas sans analogie avec ce qui précède. Des entrelacements de méandres compliqués de couronnes & de fleurons, où jouent des enfants & des anges, & que surmonte l'écu de l'Université, des portiques historiés des figures du pape & de l'empereur dessinées avec sûreté & gravées d'une taille très-sobre, ressortant sur un fond criblé. Ces titres sont nouveaux dans l'imprimerie française, & imités de ceux des livres de Milan & de Venise; la composition en est encore assez distinguée pour faire supposer la main d'un maître. On n'en pourrait dire autant des titres dans le genre italien, qui s'installèrent bientôt dans les in-folios de tant d'autres libraires.

[51] De Puritate conceptionis B. M. Virginis libri duo, a Josse Chlictone. *Parisiis, 1513, in-4.*—Eusebii Cesariensis episcopi chronicon. *Parisiis, 1518, in-4.*—Promptuarium divini juris & utriusque humani a Joanne Montholonio. *Parisiis, 1520, in-fol.*

Jehan Perreal, dit de Paris, est porté sur les comptes, pour la dernière fois, en 1522, mais nous apprenons par d'autres documents qu'il eut une commission à Lyon en 1525, & qu'il vivait encore en 1527[52]; il mourut bientôt après cette époque. D'autres poètes que Lemaire cite avaient été les amis de notre peintre & l'ont invoqué dans leurs vers. Guillaume Cretin le met en compagnie des célébrités qu'il appelle, après les muses, au secours de sa verve en défaut[53]. Marot a honoré sa mort dans un rondeau, où nous apprenons qu'il avait des sœurs adonnées aussi à la peinture:

Pleurez l'amy Perreal qui est mort...

Et vous ses sœurs dont maint beau tableau sort

Praindre vous faut pleurantes son grief sort[54].

[52] Bréghot du Lut. *Mélanges biographiques & littéraires.* Lyon, 1828, in-8, p. 335.—Péricaud, *Notice sur Jehan Perreal*, p. 6.

[53]

Secourez-moi & Bigne & Villebresme

Jehan de Paris, Marot & de La Vigne

Je ne puis plus à peine escryre ligne.

(Complainte sur la mort de Guillaume Bissipat.)

[54] *Œuvres de Clément Marot.* t. II, p. 385. La Haye, 1731, 6 vol. in-12. On ne connaît pas précisément l'époque de ce vingt-sixième rondeau: Aux amys & sœurs de feu Claude Perreal, Lyonnois. Il est placé, par les éditeurs, de 1525 à 1529. M. de Laborde, qui l'a cité dans la *Renaissance*, a déjà remarqué qu'il ne pouvait s'appliquer qu'à Jehan Perreal, & que le prénom de Claude n'était qu'une faute de copiste.

A-t-il pu être oublié dans la liste rimée que le chanoine Pelerin donna en 1521 dans sa *Perspective artificielle*? Pour ne pas le croire, je me décide à l'y trouver sous le nom altéré de Jehan Joly. Quelque éloignée que soit cette interprétation, on n'en trouve pas de meilleure; elle n'a rien d'extraordinaire dans une nomenclature d'artistes beaucoup plus fantasque que celles que nous avons vues, & dont personne n'a donné encore la restitution[55].

[55] La dernière mention qui est faite de cette liste dans les *Archives de l'Art français*, t. VI, p. 65, indique les auteurs qui l'avaient déjà reproduite, MM. Paul Lacroix, de Chennevieres, de Laborde, sans en aborder le commentaire. Je l'essaierai ailleurs en traitant des livres à gravures sur bois de la Lorraine.

Un dernier témoignage, le plus glorieux, est venu de Geoffroy Tory. Quand cet excellent artiste composa son *Champfleury*, parmi ses lettres à imitation du corps humain, il plaça un I & un K, avec des jambages figurés par un homme les bras & les jambes écartés, dont le dessin lui avait été donné par Perreal. «Figure que j'ay faicte, dit-il, après celle que ung mien seigneur & bon amy Jehan Perreal autrement dit Jehan de Paris, varlet de chambre & excellent peintre des rois Charles huitiesme, Louis douziesme & François premier, m'a communiquée & baillée moult bien pourtraicte de sa main[56].» Comme ces lettres ressemblent à plusieurs autres qui se trouvent dans l'ouvrage, notamment au deuxième livre, M. Bernard a pensé que Perreal avait fourni la majeure partie de ces dessins, &, partant, qu'il avait été le maître de Tory[57]. Le graveur emprunta des dessins à d'autres, tels que Simon du Mans, qu'il nomme au commencement de son livre, & auquel il paraît autant attaché qu'à Perreal, mais il était lui-même bon dessinateur & il ne fit pour son livre que des emprunts très-partiels. A les regarder de près, les figures de Perreal que nous avons citées se distinguent de la plupart des autres par un dessin plus modéré. En les prenant pour terme de comparaison, il n'est pas aussi facile que l'a cru M. Bernard de lui attribuer certaines planches des Henry de Vostre & de Tory[58]. Ici, plus encore que pour les livrets d'histoire, les jalons manquent.

[56] *Champfleury*, à Paris, sur le Petit-Pont, à l'enseigne du *Pot-Cassé*, in-fol. (1529), p. XXXVIII, vo.

[57] *Geoffroy Tory*, par M. Bernard. Paris, 1857, in-8, p. 11, 20, 34.

[58] *Ibid.*, p. 114.

Les Heures de Simon Vostre, dans les éditions à calendrier de 1507, montrent, par les grands sujets de leurs planches comme par leurs encadrements, un changement de manière qui est, m'a-t-il semblé, le troisième dans le développement compliqué de leur ornementation. Ce changement est surtout indiqué par une imitation italienne dans les édifices & dans les figures. Jehan de Paris ne fut certainement pas étranger à cette évolution de nos graveurs d'Heures; j'y reconnaîtrais d'autant plus sa main, que la manière en est encore modérée. Elle fut remplacée bientôt par une manière d'imitation italienne beaucoup plus intense. On en juge par les mêmes Heures où les trois planches signées d'un G & attribuées avec raison à Geoffroy Tory, sont d'un dessin qui diffère des précédentes & innove encore sur toutes celles qu'on rencontre dans les Heures de Vostre. Il nous paraît donc impossible de suivre plus loin M. Bernard[59], lorsqu'il attribue à Perreal des vignettes qui sont prises dans les Heures de Geoffroy Tory de 1527, qui sont d'une façon tout à fait différente. Dans l'histoire des anciens artistes, que nous réédifions avec peine mais avec passion, il y a quelque chose de plus triste que l'ignorance où nous sommes réduits souvent des œuvres véritables: c'est la méprise à laquelle nous sommes exposés des œuvres apocryphes.

[59] Geoffroy Tory, p. 139.

Les ambiguités où nous restons touchant les œuvres de Jehan de Paris seraient fort réduites, si l'on pouvait fixer sa manière d'après quelque tableau. On lui attribue quelquefois un tableau du musée de Cluny, la *Messe de saint Grégoire*, dyptique avec trois donateurs sous la protection de saint Jean-Baptiste & trois donatrices sous la protection de sainte

Geneviève, dans les volets de gauche & de droite. Cette peinture, avec des types ronds & vulgaires, des tons peu harmonieux, des édifices italianisés, des murs de briques & des toits d'ardoises très inclinés, appartient, en effet, à l'école française de la fin du quinzième siècle.

APPENDICE
SUR
UN TABLEAU DU MUSEE D'ANVERS REPRESENTANT LA VIERGE SOUS LES TRAITS D'AGNES SOREL, PEINT PAR FOUQUET.

Le musée d'Anvers possède, parmi les trésors de la salle Van Ertborn, un tableau de Jehan Fouquet de Tours. La chance est assez rare & assez enviée par nous, qui n'en avons pas tout à fait autant au Louvre, pour qu'on veuille appeler sur ce sujet un peu plus de curiosité. Distraits par toutes les beautés qui garnissent cette salle & les autres, les curieux ont dû passer souvent devant celle-ci sans lui rendre l'hommage dont elle est digne. C'est *la Vierge & l'Enfant-Jésus*, du dyptique de Notre-Dame de Melun, dont l'autre partie, le portrait d'Etienne Chevalier, est à Francfort. La première fois que je vis ce tableau, en 1852, il n'avait été porté dans l'excellent Catalogue publié par le Conseil d'administration de l'Académie royale des Beaux-Arts, que sous le titre d'Ecole inconnue[60], & il se trouvait placé à cette élévation où l'on dérobe ordinairement à la vue les pauvres honteux des musées. Ce n'est qu'au bout de ma lorgnette que j'y reconnus un maître gothique & une de nos beautés françaises. Mieux informée depuis, l'Administration a donné au tableau sa véritable attribution & une meilleure place[61]. C'est là que revoyant, en 1852, *la Madone Sorelle*, & distinguant bien Jehan Fouquet, qui m'était alors un peu moins inconnu, j'ai fait vœu d'un article que je ne saurais mieux placer que dans le *Journal des Beaux-Arts*.

[60] Catalogue du musée d'Anvers, *no 106.*

[61] *Cat.* 2e édition. 1857, no 154.

Mon but n'est pas de revenir sur les recherches faites à propos de Jehan Fouquet & de ses tableaux, ni sur les discussions soulevées par l'attribution & par le sujet de celui-ci; les titres du dyptique de Melun, contestés d'abord par M. Waagen & par M. Niel, ont été établis par MM. Eugène Grésy[62], Léon de Laborde[63] & Vallet de Viriville[64].

[62] Recherches sur les sépultures de Notre-Dame de Melun, *1845, in-8.*

[63] La Renaissance des Arts à la cour de France, 1855, *in-8, p. 699 & suiv.*

[64] *Revue de Paris*, t. XXXVIII.—*Illustration*, 3 mai 1856.

Les *Recherches* de M. Grésy, publiées dès 1845, sont d'autant plus probantes, qu'il ne connaissait pas le tableau d'Anvers. Il a puisé dans une ancienne estampe une reproduction du dyptique qui se trouve parfaitement conforme au tableau, & qui ne donne pas seulement la figure principale, comme toutes les autres reproductions peintes ou gravées qui en ont été faites pour répandre le portrait d'Agnès Sorel, mais la composition entière avec l'Enfant-Jésus & avec l'entourage d'anges.

Les discussions me paraissent épuisées aussi par la critique de M. de Laborde, qui a pu comparer le tableau d'Anvers avec les autres ouvrages de Fouquet, avec les crayons que l'on a du portrait d'Agnès Sorel & avec les textes qui ont gardé un si vif souvenir de cette beauté célèbre. C'est donc hors de propos qu'en acceptant les conditions de M. de Laborde, le rédacteur du Catalogue d'Anvers s'est fait un scrupule d'admettre la véracité de la tradition quant au fait du portrait, & s'est refusé à accuser Fouquet de cette grave inconvenance; l'inconvenance n'est que pour ceux qui veulent bien s'en scandaliser; l'habitude des préraphaélites était de prendre leurs modèles dans la réalité même, que les mœurs leur donnaient très-crument; l'idéal ne venait qu'après, & souvent si peu intense, qu'il ne dissimulait rien de ces modèles réels. Aux faits qui ont été cités pour justifier Fouquet, j'ajouterai quelques exemples pris, en Italie & en France, parmi des peintres venus avant & après lui. Fra

Filippo Lippi, chargé de peindre une *Nativité* pour les religieuses de Sainte-Catherine, à Prato, avait pris pour modèle une de leurs novices, Lucrezia Buti, que, par cette occasion, il arracha à ses devoirs[65]. Botticello, dans un tableau peint pour l'église Sainte-Marie-Nouvelle, à Florence, a représenté les trois Mages sous les traits des trois Médicis: Côme l'Ancien, Laurent & Julien[66]. Pinturrichio avait peint, dans une salle du Vatican, une Madone devant laquelle Alexandre VI se tenait en adoration, & qui n'était autre que la signora Giulia Farnèse[67]; enfin, il y a en Angleterre une peinture qui représente François Ier à vingt-trois ans, en Jésus-Christ, avec le nimbe & la croix de roseau. On n'a pas craint de l'attribuer à Léonard de Vinci[68], mais elle est sans doute de quelque peintre français placé sous l'influence de ce maître.

[65] Vasari, édit. de la *Société des Amateurs des Beaux-Arts.* Florence, 1848, t. IV, p. 14. Ce tableau est aujourd'hui au Louvre.

[66] Vasari, t. V, p. 116.

[67] Vasari, t. V, p. 269.

[68] *Lithographiée par Day & Haghée:* Taken from the original picture by Leonard de Vinci in the possession of S. Lewis Pocock esq.

Cependant M. Vallet de Viriville, qui est revenu sur cette discussion en recherchant tout l'œuvre de Fouquet, n'a pas voulu reconnaître l'originalité du tableau d'Anvers; l'exécution lui semble trop lourde, trop vulgaire & de tout point trop médiocre pour qu'il lui paraisse permis d'y reconnaître la touche si distinguée de Jehan Fouquet; ce ne peut être, suivant lui, qu'une copie remontant au seizième siècle. C'est ce jugement, trop accrédité peut-être par les journaux où il a été inséré, que je tiendrais à redresser. L'auteur nous informe qu'il a dans son cabinet une copie peinte à l'huile, d'après laquelle a été faite la chromolithographie publiée dans *le Moyen-Age & la Renaissance*; ne serait-ce pas sur cette copie, plutôt que sur le tableau même qu'il aurait formé son opinion? Pour toute personne habituée à regarder les tableaux gothiques, à les aimer, jamais ouvrage ne fut mieux que celui d'Anvers, marqué des qualités d'un peintre original & des façons du quinzième siècle.

On remarquera d'abord le système de cette peinture en grisaille dans les chairs & les draperies, à peine nuancée de quelques taches, rouges aux lèvres & aux joues, blanches dans les rehauts des plis, mais relevées par les corps bleus & rouges des anges, les dorures de la chaise & des joyaux; ce système rappelle l'exécution de certaines miniatures fort connues dans l'école des miniaturistes français, & porte un caractère hiératique qui corrige ce que la nudité du buste présenterait d'inconvenant. On voudra bien ensuite concéder au peintre sa façon de traiter les enfants, dont les corps & les membres paraissent bourrés comme des poupées, & lorsqu'on se sera familiarisé enfin avec le type de femme dont il était ici préoccupé, un front bombé, une ligne de nez concave, une bouche mignonne & lippue, un menton petit, type qui a plus de réalité que de beauté, & une réalité aussi éloignée de la nature italienne que de la nature flamande, la manière du peintre apparaîtra avec toutes ses qualités: finesse du contour, élégance des formes du corps, modelé des mains, résolution des étoffes dans les plis épais de la robe & dans le voile léger qui recouvre la partie inférieure du front & vient retomber sur le manteau d'hermine détaché des épaules. Cette manière, aussi sûre qu'originale, ne convient qu'à un peintre de premier ordre pour son temps & pour son pays, tel que fut Jehan Fouquet; d'autres temps & d'autres pays ont eu mieux, mais à chacun son lot; le plus heureux résultat de l'esthétique historique est de le reconnaître, dans le musée même où sont réunis tant de chefs-d'œuvre différents. A côté du *Calvaire* d'Antonello de Messine, & des *Sept Sacrements* de Roger Van der Weyden; à quelques pas de l'*Ensevelissement du Christ* de Quentin Mathys & de l'*Adoration des Mages* de Bernard Van Orley, de la *Présentation à saint Pierre* de Titien, & du *Christ entre les deux larrons* de Rubens, il y a encore dans la *Madone* du peintre gothique de Tours une parcelle de ce secret que l'art & le génie tiennent en réserve sous tant de formes & à tant de degrés.

CONTENU